CAMA DE CAMPANHA

Flávio Carvalho Ferraz é psicólogo, formado pelo Instituto de Psicologia da Universidade de São Paulo, onde também obteve os graus de mestre, doutor e livre-docente. É psicanalista, membro do Departamento de Psicanálise do Instituto Sedes Sapientiae, de São Paulo. Estreou na poesia com a publicação do livro *Poesia Descalça*, em 1981. Tem publicado diversos artigos e livros, entre os quais *Andarilhos da Imaginação: Um Estudo sobre os Loucos de Rua* (Editora Casa do Psicólogo, 2000).

Flávio Carvalho Ferraz

CAMA DE CAMPANHA

Ateliê Editorial

Copyright © 2006 Flávio Carvalho Ferraz

Direitos reservados e protegidos pela Lei 9.610 de 19.02.1998.
É proibida a reprodução total ou parcial sem autorização,
por escrito, da editora.

Dados Internacionais de Catalogação na Publicação (CIP)
(Câmara Brasileira do Livro, SP, Brasil)

Ferraz, Flávio Carvalho
    Cama de campanha / Flávio Carvalho Ferraz. –
Cotia, SP: Ateliê Editorial, 2006.

ISBN 85-7480-328-6

1. Poesia brasileira I. Título

06-7436   CDD-869.91

Índices para catálogo sistemático:

1. Poesia: Literatura brasileira   869.91

Direitos reservados à
ATELIÊ EDITORIAL
Estrada da Aldeia de Carapicuíba, 897
06709-300 – Granja Viana – Cotia – SP
Telefax: (11) 4612-9666
www.atelie.com.br
atelieeditorial@terra.com.br

Printed in Brazil 2006
Foi feito depósito legal

Em memória de
Hélio de Alcântara Pinto

Agradecimentos

Adélia Bezerra de Meneses
Ester Grinspum
José Miguel Wisnik
Marcelo Carvalho Ferraz
Paulo Bomfim
Régis Bonvicino
Tales Ab'Sáber

Sumário

I. Cama de Campanha

Pretérito mais-que-imperfeito 17
Poema hepático 19
Três poemas em um ou resquícios oníricos
    de um jantar 20
Esperança 21
Quadrado perfeito 22
Autodefinição 23
Cama de campanha 24
Cientista místico 25
Domingo rural 26
Magia 27
Viagem 28
Abalo sísmico 29
Adverbial 30

II. Geográficos

Lagoa de Araruama 33
Farol de Santa Marta 34

Pedra de São Domingos 35
Goiás Velho 36
Bananal 37
Prados. 38
Solidão 39
Vista aérea de Bilbao 40
Serra da Graciosa 41
Lençóis 42
São Tomé das Letras 43
Parati 44
Tiradentes 45
Rio de Contas 46
Alcântara 47

III. Botânicos

Carta ao maracujá na era industrial 51
Pecado original 53
Bucólica 54
Jabuticaba 55
Morango 56
Guabiju 57
Gutíferas. 58
Araticum 59
Buriti 60
Queda em Paúba 61
Ameixas secas 62

IV. Loucuras

Esquizofrenia 65

Melancolia 66
Paranóia 67
Obsessão 68
Histeria 69
Fobia 70
Psicopatia 71
Malaquias ou a normalidade 72

V. Sete Mulheres

A Rosalía de Castro 75
A Cecília Meireles 76
A Emily Dickinson 77
A Florbela Espanca 78
A Gabriela Mistral 79
A Ana Cristina César 80
A Adélia Prado 81

I
Cama de Campanha

Pretérito Mais-que-imperfeito

Inspirado n'A Velha Senhora Magadala, *de José Condé*

No meu baú de ossos faulkneriano
uma casa abandonada,
moradia aracnídea,
agoniza prenhe
de segredos, retratos e lembranças
espíritos de vinho
espectros de lança-perfume
guirlandas secas
carros de boi.

Lá dentro a velha insana,
emoldurada pelo frio bafo dos porões,
estica suas rugas
e sorri sua aparência,
o prato principal
que engana a fome.

Gente, bicho, coisa, planta
e fantasma,
tudo se mistura
em fogueira única
animada pelo vento crônico.

Poema Hepático

Noite consumida
em poemas amargos.
Ah, o poema hepático!
A fórmula:
chá de boldo a destruir abusos,
a tirá-lo, o poema, de dentro para fora,
a transpirá-lo.

Poema amargo de bílis,
vomitado,
te espero na aurora do dia:
te reencontro nesta hora,
quando tudo se alivia.

Três Poemas em Um ou Resquícios Oníricos de um Jantar

Primeiro era uma mesa posta, com jarra d'água e tudo o mais;
era uma mesa quadrada, uma mesa em perfil.
Guardanapos, havia sim muitos guardanapos perfilados.

Depois passava-se a um caramanchão,
um caramanchão em madeira, porém nu,
esperando que se plantassem as primaveras pra dar sombra.

Finalmente, jogado ao chão num canto
havia um pedaço de maçã, ou melhor,
uma maçã da qual se via apenas a metade.

Esperança

Rocha, liquefaça-se!
Você ainda pode resolver
as suas equações sentimentais;
saber que, às vezes, "a" é igual a "b".

Normal, desnormalize-se!
Você ainda pode ver elefantes
voando na montanha;
lutar contra os moinhos
de seus vendavais.

Bruto, desembruteça!
Você ainda pode
intuir segredos
de parênteses vazios;
dar continuidade
aos três pontinhos...

Quadrado Perfeito

Caro poeta neo-coronelista
construtor de versos de efeito:
aquele seu terninho de riscado
que você usou na posse do prefeito
te tornou um quadrado perfeito.

AUTODEFINIÇÃO

Definitivamente:
sou mais chegado
à Semana Santa
que ao Carnaval.

No mais,
tenho alma *punk*
aprisionada
em corpo educado.

CAMA DE CAMPANHA

Em memória de Joaquim Cardozo, engenheiro & poeta

Eu queria calcular raízes & tangentes
com poesia,
construindo monumentos & barracos;
dormir em cama de campanha,
desprezar distâncias
e seguir colhendo,
com dedicação de cientista,
os poemas subliminares
antigravitacionais
que caem da terra.

Cientista Místico

Acredito piamente
no que sei não ser verdade;
mas nem por isso estou louco.
A questão é que acreditar
não é o mesmo
que saber.
(E entre os dois ainda há o suspeitar...)

DOMINGO RURAL

Nas imediações da "cidadezinha qualquer", de Drummond

Vacas pastam
com indolência:
a natureza adere
ao ócio.

O café repousa
paciente
no terreiro.

O som do rádio de pilha
substitui a picadeira
de cana.

O futebol na vargem
faz um quadro *naïf*.

Ai que preguiça!

Magia

Magia era transformar
o velocípede
em carrinho de pipoca
promovendo-o
a bípede.

Viagem

Pero vai e caminha:
aterra o mar
abarca a terra.

Pero vaso de cominho:
cresce, floresce
e tempera.

ABALO SÍSMICO

Da queda abrupta
da galinha no abismo
resultou a fratura
do ovo pronto
que jazia vivo
em seu interior.

Seu último suspiro
mais pareceu abalo sísmico:
o cisma entre vida e morte
nos entes sem alma
fadados ao fim.

ADVERBIAL

Fazia sol torrencialmente,
ela sorria copiosamente
e concedia-me encarecidamente
seus favores:
tudo estava terminantemente
permitido.

II

Geográficos

Lagoa de Araruama

A água dissolve o sal;
dissolve entre ondas o olhar
em que se esvaiu a mente ao escorregar;
esta, desliza no raio do olhar,
exposta ao sol, misteriosa,
e se dissolve entre o sal dissolto;
depois, explode na onda crespa,
espirra em branca espuma e se alaga.
Alagada, acomoda-se e adormece.
Desperta, quebra-se na areia
e recompõe-se ligeira,
desviando da lagoa o desatento olhar.

FAROL DE SANTA MARTA

O gado na praia
quando a noite cai.
No escuro
os barracos de madeira
ficam todos pardos.
No céu, o lume do farol.
No bar, pescadores e surfistas
entre a sinuca e a pinga com butiá.
Nossa Senhora dos Navegantes
olha por todos.

Pedra de São Domingos

Em memória do meu amigo Sérgio Vilela Figueiredo

Na pedra bruta brota o *fraise-des-bois.*
O mundo a meus pés.
Ali, Cambuí.
O Vale do Paraíba, pra lá.
Embaixo, as Possinhas e o Sertão do Cantagalo,
onde há sombra, frio e manacá.
A Pedra do Baú, fraterna, manda lembranças.
Tudo desfila a meus pés.
Meu ser panorâmico.
Ilusão alada do infinito mar de morros.

GOIÁS VELHO

Ao meu amigo Fábio Altman

Fogo-apagou cantou no galho da cajazeira.
Moleques ruidosos chupavam cajás caídos no chão,
refrigerante dádiva.
O Rio Vermelho nem ligava.
Na casa da Ponte da Lapa o sol,
que fustigava as profundezas do mapa,
entrava sem convite pela frente
e saía, displicente, pela porta do quintal;
revelava ao passante
o sereno semblante
de Cora Coralina a escrever.

Bananal

Ao meu amigo Paulo Segall

No jardim, qual bando de andorinhas,
as crianças interrompem o sagrado pega-pega
pra pedir a bênção ao Monsenhor,
que as abençoa carinhosa e verdadeiramente.
Na Pharmácia Popular
o fantasma do Barão compra Biotônico Fontoura
pra fortificar a sua funda sepultura;
compra Maracujina pra tranqüilizar a crise
e Maravilha Curativa pra tentar milagre.
Mas qual o quê!
Falta é café pra despertá-lo.

Prados

À minha amiga Maria Cardoso

A montanha evocada
pela via da alegria
produz estranho sentimento
de contradição.

Durante o dia
alguma coisa ainda sabe
a sacristia.

Mas à noite os prados
paradoxais
fazem mineiros carnavais.

SOLIDÃO

É saudade assim sabendo a gravatá
a saudade que me faz saudar-te
à primeira vista;
é saudade que passa minhas tropas
eternamente em revista.

Na praia da Solidão
havia saudade escondida em buraco de siri
e a areia quente se amornava
com a cheia da maré.

A saudade que eu sinto agora
tem cheiro de maresia,
lembra amor feito na praia
e faz barulho,
como convém à onda bravia.

Mas saudade que se preza não sacia.

Vista Aérea de Bilbao

No País Basco
o mar rebelde
lasca a pedra
do costão,
em separatista
manifestação.

Serra da Graciosa

Grassa a graça
em reino nhundiaquara.

Graciosa:
do mundo
o mais adequado
nome.

Lençóis

Para a Helena

Frescos lençóis
de sóis a pino
no chapado solo
diamantino;
baiano oásis
de alaranjada aurora
e violáceo crepúsculo.

São Tomé das Letras

Iletrado poema concreto
ilustrado
com pedra de letra secreta.

Parati

Nas frestas das pedras das ruas
alojam-se vapores
da libido portuária da colônia.
O colorido das janelas
traslada atávicos afetos
para tempos atuais.
Espíritos sem livro ou sobrenome,
de história inexata,
embarcam nos odores ambíguos do mangue
e se chocam contra o alvo das paredes;
fazem de Parati
cidade bem-assombrada.

Tiradentes

Para o meu pai

Tudo como dantes
no quartel de Tiradentes.

Vinde, espírito de Minas,
enchei os corações de vossos
infiéis inconfidentes
e acendei neles o fogo
de um tempo antepassado.

Rio de Contas

O tempo ficou lá embaixo,
estacionado em Livramento.
Esse misto de frescor e antigüidade,
com abolição de toda ambigüidade,
só pode ser algum milagre
do Santíssimo Sacramento.

Alcântara

Caminhando pela rua da Amargura
vou haurindo extasiado
do meu doce guaraná Jesus.
Penso em Sousândrade,
que morreu sem ter o gosto
deste sonho cor-de-rosa
pra saboreá-lo em verso,
nem tampouco o desgosto
da explosão de um foguete
pra repudiá-la em prosa.

III
Botânicos

CARTA AO MARACUJÁ NA ERA INDUSTRIAL

Inspirado n'A Flor do Maracujá, *de Fagundes Varela*

Maracujá, magnífica rima!
Trazes, já no próprio nome,
a sonoridade pagã e nua,
em forma e fundo tropicais.

Será por seres de perfume
que assim enobreceste?
Ou foi pelo teu gosto azedo,
que traz tanta água à boca?

Por tua flor,
onde vêem a paixão
estampada em certa cor,
foram atrás até de tua fabulosa rima em "a".
Mas é certo que tuas propriedades soníferas
foram mais admiradas!

Maracujá do meu quintal,
filho da planta trepadeira:
ainda bem que ainda és fruta verdadeira!

Pecado Original

Teu amor:
gosto acre-doce
das fragalhas naturais
dos úmidos barrancos
dos riachos.

BUCÓLICA

Para a minha mãe

Embaixo do araçá há uma sombra circular,
templo construído em fundo de quintal.
O céu empresta seu apoio à obra,
peneirando os raios domésticos do sol.
Corruílas fazem coro,
transformando o fim da tarde
em hora de oração pagã.
A paisagem incorpora, em gesto de anistia,
as carreiras de formigas monarquistas.

Jabuticaba

Para a tia Nair

Doce
pretinha
redonda
gostosa
que explode
gozosa.

Morango

Inspirado no presente de Sofia a Rubião, em Quincas Borba

Fragosa
essência
sublimada
do carnal.

Frutilha
distinta,
armadilha
do instinto.

GUABIJU

Para a Laura

Mirtácea tão delicada
que tem no nome tupi
entalhado um *bijou*.

GUTÍFERAS

Para o José

Bacuri
bacupari
bacuripari.
Que língua suculenta!

ARATICUM

Parece que tem
batuque no mato:

ará
ticum,
ará
ticum-dum!

BURITI

Palmeira
altaneira
quase um hino
à bandeira.

Queda em Paúba

E eis que bólido
precipita-se no solo
sólido
abacate verde.

Ameixas Secas

As ameixas secas, ricas em despojamento,
livram-se da água mas conservam-se em seu próprio açúcar.
São murchas as ameixas, enrugadas;
não possuem o frescor da fruta suculenta,
de carnosa quase latejante.
Escurecidas mas não obscuras,
ganham as ameixas ao secar
nova aparência e diversa propriedade:
em remédio se tornaram, resumidas e certeiras.

Se pessoas fossem as ameixas secas,
seriam certamente sábios anciãos
imbuídos de espírito socrático.

IV
Loucuras

Esquizofrenia

A bo
ca me fa
lou
os den
tes me o
lharam

Melancolia

Eu luto
contra o luto

but the mourning
wakes up early
in the morning.

Paranóia

Ele estava lá,
impregnado nas paredes
daquela casa maldita
cheia de goteiras,
já sem luz nem água.
Seu espírito, decerto,
ainda vaga lá dentro.

Obsessão

Quando um fulano
que é parnasiano
esquece a rima...
entra pelo cano!

Maroca,
vê se coloca
o quadro
no esquadro.

Histeria

Não vem
que tem!

Ou será que você
não me manca?

FOBIA

À noite na cruzília
o perpétuo fogo-fátuo
pronunciou
o ultimato:
– não entra nesse mato,
qu'eu te mato!

Psicopatia

Eu te pego
eu te pico
eu te jogo
no penico.

P.S.:
Versos roubados
do repertório popular.

Malaquias ou a Normalidade

Malaquias foi um homem
absolutamente normal:
trabalhava por necessidade
batia na mulher
surrava os filhos
bebia umas e outras
e com outras despendia
o dinheiro que fazia falta em casa.

Foi normal até na morte:
a viúva e os filhos
prantearam o finado à exaustão
e o padre o chamou,
no sétimo dia,
de pai e marido exemplar.

Malaquias foi um homem tão normal que,
a bem da verdade,
não sei por que fui falar dele agora.

V
Sete Mulheres

A Rosalía de Castro

Os meus cemitérios, Rosalía,
não são como os da Galícia:
têm também ciprestes altos,
mas seus mortos quase não descansam
e as criancinhas os temem.

A Cecília Meireles

Cecília Meireles Grilo,
jamais saberei
se quero isto
ou aquilo.

A EMILY DICKINSON

Sou quase banal
mas repito maquinal:
Massachussets,
que palavra genial!

(na voz de Beatriz Segall)

A Florbela Espanca

Florbela
d'Alma
Espanca:
teu nome é o melhor poema.

A Gabriela Mistral

Estrangeira no país ausente;
nome de poeta provençal
em alma de poeta abissal;
nome de vento
em corpo de mulher.

A Ana Cristina César

Quanta coisa eu quis adivinhar
de teu rosto na fotografia:
quanto mais bela eu te achava,
mais aquilo me doía.
Era como se, já sabendo-te morta,
eu quisesse ali sondar um grão de vida.
Hoje sei que, como na seqüela de um infarte,
um pedaço do meu coração
também morreu.

A Adélia Prado

Feliz daquele
cuja mãe
põe-se a cantar
ao cozinhar
legumes prosaicos.

Título	Cama de Campanha
Autor	Flávio Carvalho Ferraz
Produção Editorial	Aline Sato
Revisão	Geraldo Gerson de Souza
Editoração Eletrônica	Amanda E. de Almeida
Capa	Tomás Martins
Formato	14 x 21 cm
Tipologia	Minion
Papel de Miolo	Pólen Soft 80 g/m²
Número de Páginas	88
Impressão do Miolo	Gráfica Vida e Consciência